SYZYGY
Aphorismes

SYZYGY

Aphorismes de 1950 à l'an 2000

Gérard Hofmann

ISBN : 978-2-9500260-7-1
EAN : 9782950026071

Les cinquante dernières années du XXe siècle sont les cailloux posés furtivement pour servir au récit syncopé d'une moitié de vie.

SYZYGY : Position d'une planète, la Lune par exemple, en conjonction ou en opposition avec le Soleil, de *"syzygia, assemblage, réunion"* (Petit Robert)

À tous les orphelins.

Sommaire en forme d'extraits

de 1950 à 1964

Ce poids, qu'un jour vous jetez par dessus bord, est celui du désir fou de cet être par qui vous devriez apprendre l'amour et qui ne cherche qu'à vous apprendre qu'il vous faudrait mieux n'être plus.

de 1965 à 1977

Qui étaient ces hommes et ces femmes esclaves qui n'avaient pas encore compris qu'en trompant leur amour, ils et elles touchaient à la seule liberté qui leur était accordée : être maîtres du temps si long qu'il faut pour approcher un seul être ?

de 1978 à 1996

Les ruines des édifices passés attirent ceux qui le plus souvent n'ont pas achevé de construire, comme pour se masquer à eux-mêmes qu'ils n'ont pas réussi. Comme si la réalité démolie pouvait prendre la place de ce qui n'a jamais existé.

Gérard Hofmann

de 1997 à l'an 2000 et plus…

Ainsi l'acharnement à détruire qui planque sous le voile de l'Amour d'un Dieu unique et qui, de temps en temps, sort avec ses couteaux et ses chambres à gaz, ou plus simplement avec ses tortures propres de tous les jours, n'est que le signe funeste de sa propre ignorance du désarroi et de la peur.

La barbarie est de croire qu'en tuant, on tue la mort puisqu'on en est scéniquement l'acteur. Pauvre hère de la méconnaissance de soi, cette peur de l'inconnu, alliée à la certitude que cet inconnu est indépassable, est la mère de Dieu.

Gérard Hofmann

1950

L'Histoire vous vient de votre mère qui est attachée à vous, comme un boulet au fond de la naissance.

Certains êtres ont été noyés à l'intérieur de leur mère avant d'avoir pu en sortir.

1951

La question n'est sans doute plus : "Dieu existe-t-il?".

La question est certainement : "Pourquoi ne savons-nous pas?".

1952

Une toute petite fille gît au fond de vous, ou un tout petit garçon, semblable aux statuettes qui représentaient au Moyen Age ce petit être que le masculin-action venait mettre dans le féminin-réceptacle. Ainsi l'un, fécond, aurait tout donné ; l'autre, passif, ne ferait que recevoir.

Et hop! Voilà toute une civilisation montée en neige bien ferme sur ce dogme assassin. Fallait-il sauver l'idée que Dieu existe ? Masculin et féminin y servaient.

Les saints eux-mêmes ne reculent devant rien : Thomas d'Aquin nous propose de ne faire acte de chair qu'à condition de ne jamais oublier, masculin, que le fantasme que tu as sous toi, féminin, ne sera un jour "que sanie" – purulence – !

Vint, beaucoup plus tard, le temps du citoyen et de la citoyenne. Il ne s'agissait que de reconnaître le réel devoir humain : construire ensemble. Puis la fin du deuxième millénaire l'oublie. Pourquoi ?

Lorsque le pouvoir devient l'unique substitut de toute jouissance, lorsque toute énergie et tout désir se réduisent et s'expriment seulement en dominance, celui – le masculin – qui a – le propriétaire – n'est en mesure ni de partager, ni d'en abandonner une quelconque partie car ce serait négation de soi.

Les femmes ne doivent pas se battre contre les hommes. Elles ont à transmettre à leurs enfants, à tous, cette intelligence de la non-médiatisation du désir. Désirer par soi et non par le désir de l'Autre.

1953

Le noir du bouchon de liège passé à la flamme permet de se dessiner des moustaches. C'est souvent vers trois ans que l'on fait l'expérience du noir de bouchon. Tout alors est encore permis au genre masculin comme au genre féminin.

1954

En rentrant de l'école, je passais devant le marchand de jouets dont la vitrine était toujours bien achalandée : grosses automobiles à clé, Dinky Toys, jeux de construction en bois, Meccano, trains électriques de métal coloré…

Ce jour-là, une lumière d'atelier d'artiste tombait calmement sur la baie légèrement rosie par le soleil de fin d'après-midi. Je vis le tout nouveau plastique crème-layette d'une sorte de véhicule bizarre, avec des phares et des roues en caoutchouc blanc et mou.

Sur le dessus, une plaque rectangulaire brillante, bleue presque noire. Posée à côté, une lampe torche en caoutchouc noir et cet écriteau: « *Le rayon me dirige !*[1] ».

Tout devrait sans doute être ainsi, me dis-je.

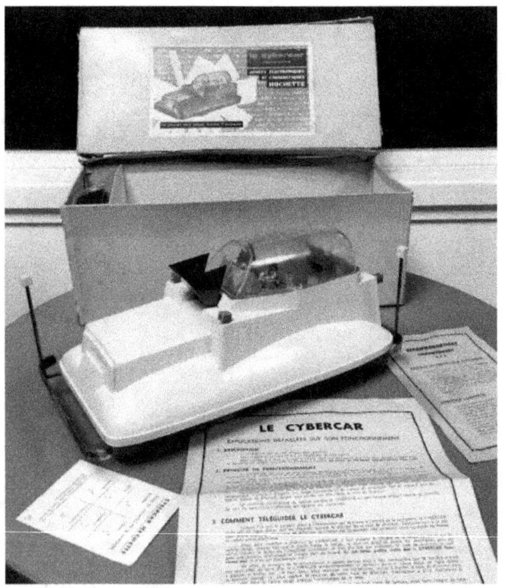

---

[1] Le premier jouet piloté par cellule photo-électrique, le « Cybercar ».

1955

Le bureau de mon père, le soir, sentait le parfum de ses patientes.

J'allais y écouter des disques microsillons 33 tours "La Voix de Son Maître" dès qu'il avait raccompagné son dernier rendez-vous. Il sortait de la grande pièce en laissant toutes les lampes allumées derrière lui, et il diffusait à son passage la senteur de l'éther mélangée à celles de diverses pharmacies.

Curieusement, cela me lavait de toute angoisse. J'étais relié à ces présences qui flottaient dans la fin de journée ; cela m'était bénéfique, elles me protégeaient ; cela me déculpabilisait de n'avoir pas bien fait mon travail de classe, ce dont personne ne se souciait, du moins pas avant que tombe mon livret avec ses résultats.

J'écoutais la sonate à Kreutzer, le chien de l'image me regardait en tournant sur lui-même, et le pick-up avait une petite lumière bleu-vert qui scintillait sur le devant, sous le haut-parleur caché par le grand rectangle de tissus beige tramé d'un fil de laiton.

J'étais assis par terre, adossé au lit de ma grand-mère qui servait de divan d'examen, un lit de velours rose où je l'avais vue mourir lorsque j'avais six ans. J'étais seul ce matin-là avec elle. J'y repensais à chaque disque. Elle était très grosse. Elle me demanda de sortir de sa chambre et d'aller *chercher la bonne* car elle ne *se sentait pas bien*, mais je n'en eus pas le temps. Elle mourut à côté de moi, sur ce lit dans lequel ensuite j'ai dormi de nombreuses années, car mon père avait choisi un autre divan d'examen.

Réchapper à la noyade pour dormir dans un linceul.

La cérémonie de la musique, ces odeurs des gens, les lumières d'une heure très privilégiée du jour, les souvenirs en filigrane dans les tissus et les objets, cet apprentissage invisible de la solitude et de la mort soutenaient encore ma toute jeune vie.

1956

Dimanche, le cimetière de la Madeleine à Amiens.

Soudain, il m'apparut à la croisée des deux allées convergentes : il levait la pierre géante d'une main, le bras tendu pour mieux sortir son poitrail hors de sa tombe. Torse puissant sortant bruyamment de terre, Jules Verne se hissait vers le ciel qui le tirait de son sous-marin tellurique.

1957

Enfant, je me levais la nuit, souvent, pour boire de l'eau fraiche, et je passais sur la moquette de laine grise, sur les tapis persans, sur le carrelage frais de l'office et de la cuisine, puis j'allais vers le placard où se cachaient toujours les verres que des présences féminines remettaient en place après les avoir lavés.

Je buvais un ou deux grands verres d'eau, dans le noir, avec juste la pénombre de la cour de la cuisine et parfois la lumière blafarde qui venait des étages supérieurs. Du sixième où habitaient les domestiques et des étudiants. Puis je repassais dans un long et haut couloir où se succédaient deux miroirs : dans le deuxième, j'arrivais à me voir, en pied. Il faisait toute la hauteur, jusqu'aux moulures avec des anges en stuc. Le plus souvent, je ne pouvais que me mettre à pleurer.

Je me regardais longtemps, humide, devant ce miroir jusqu'à ce que, épuisé et aride, je retourne me coucher. Chacun se revoit ainsi dans les miroirs de la vie, au hasard et un peu partout. On y revoit cette image du "labyrinthe de la solitude"[2].

---

[2] Octavio PAZ.

1958

J'ai eu, comme beaucoup d'enfants, les oreillons, et ma maîtresse – j'étais en 8éme à l'École Communale – était si belle!... Je ne comprenais rien ni ne savais rien, c'était une fée.

J'attendis des jours et des jours, et enfin, elle vint me voir.

La lumière crue de la grande fenêtre ne me faisait plus autant de mal qu'au début, et la fée ne sembla pas comprendre que c'était ma vie même qui revenait avec elle. Elle parlait avec quelqu'un, je crois, mais je ne voyais qu'elle. Je crois aussi qu'elle avait apporté des fleurs, était-ce seulement pour ma mère? Plus rien ne valait que le retour de Clochette, pour moi, Peter Pan.

1959

Les sœurs de cet ordre religieux étaient comme les chevaux : empêchées par leur œillères de regarder sur le côté, pour éviter l'écart.

Leur croupe était si ronde et morte sous le drap lourd de leur costume !

1960

Au collège, il y avait les prêtres, ceux qui voulaient nous voir entrer au petit séminaire, ceux qui nous détestaient, nous attachaient et nous battaient, ceux qui, pédérastes, attentèrent à nos pudeurs de jeunes adolescents. Aucune de nos familles n'y aurait cru, c'était sans doute trop impossiblement banal.

J'avais des amis. Entre nous, nous nous appelions *les fêlés*. On s'assemblait bien. Contre la réalité. Nous fusionnions dans des regards et des silences.

Plus tard, je vivais au Quartier Latin dans des

chambres de bonne, où nous ne savions pas faire l'amour, mais où nous nous cachions de tout, pour vivre intensément. Nous en sortions pour aller voir Godard et Bergman.

Smultronstället, Les Fraises Sauvages.
Réalisation : Ingmar Bergman (1957)

Nous voulions tous faire du cinéma, du théâtre. L'un partait seul sur les routes d'Europe, de Turquie, l'autre au Mexique avec Michaud dans son sac, celui-là enterrait sa grand-mère, celui-ci appelait son père d'une prison au Maroc et nous étions tous à l'enterrement d'André Breton au cimetière Montmartre.

Les autres nous répétaient qu'il ne nous restait plus qu'à entrer dans la vie.

1961

Je rencontrai un jour une femme si âgée qu'elle était pour moi la mère de mes ancêtres les plus lointains. Elle composait des livres à la main, en gravant des plaques de bois à l'envers, comme Albert Dürer.

Elle me donna ses livres. Sa maison était une sculpture de granit dans la forêt de sa vie. Sa tombe n'a ni nom ni date, mais seulement son portrait dressé dans le bronze.

Où es-tu, mère des mères qui me berçait de tes conseils un peu secs ? Y passaient des journées entières, puis je rentrais tard, sur mon vélo Solex.

1962

Ce soir-là, l'église Saint-Séverin se taisait dans la pénombre et la senteur d'encens. Quelques lampes éclairaient le derrière des colonnes et le dessous des chapiteaux.

Il est arrivé, furtif. Entouré de deux gaillards. C'est du moins leur taille qui m'a impressionné. Lui, petit, presque comme moi, était au milieu. Il s'assit devant moi.

Puis vint Christian Ferras avec son violon, debout sur les dalles de marbre, à quelques pas de nous qui étions au deuxième rang.

Pendant tout le concert je pensai, sur le fond musical que j'entendais à peine ; je me décidai à demander au petit homme dont je touchais presque la nuque, de signer mon programme. Moi qui lisais ses poésies, moi qui avais tant aimé Orphée. Je savais déjà le souffre dont il était entouré, ce fut une des rares violences que je me fis en présence de mes parents, car l'amour du Verlaine de mon adolescence fut, ce jour-là, le plus fort : en échappant à mon père, je lui tendis mon programme. Jean Cocteau le signa sans rien dire.

Petites choses qui vous apprennent qu'il ne faut pas être tenté de confronter imaginaire et réalité.

1963

Lieux chargés des tonnes du souvenir et de la poussière des cadavres et des fantômes en-allés. Les étages de l'Histoire.

Vous ne voyez aucun changement pendant des années. Et un beau jour, une plaque, un roc, une allée, une forme disparaissent.

C'est bien ainsi ; le souvenir enseveli est intact, protégé, immuable, indestructible comme les cendres au fond de la mer. Magma noir duquel coule le feu de la Terre.

1964

Si longtemps le désespoir avait, peu à peu, invariablement, envahi ma vie. Du Proust, je vous dis !

Je me levai une nuit pour voir ma mère, la tête penchée, du monde autour d'elle près du lit dont une forte odeur se dégageait. Des médecins, ma soeur, mon père, un râle.

J'ai compris que j'étais né de quelqu'un de mort et que cela pèserait sur toute ma vie.

Et ce poids, qu'un jour vous jetez par dessus bord, est celui du désir fou de cet être par qui vous devriez apprendre l'Amour et qui ne cherche qu'à vous apprendre qu'il vous faudrait mieux n'être plus.

1965

L'une se prenait pour une petite midinette de 70 ans, l'autre divorçait à 75, la troisième vivait en sinistre banlieue après avoir cru devenir une grande bourgeoise.

Une autre encore transportait partout son île.

Qui étaient ces hommes et ces femmes esclaves qui n'avaient pas encore compris qu'en trompant leur amour, ils et elles touchaient à la seule liberté qui leur était accordée : être maîtres du temps si long qu'il faut pour approcher un seul être ?

1966

Je n'ai jamais cessé d'écrire, j'étais simplement comme tout le monde un peu trop occupé pour le faire exister, sans doute par modestie. Mais attendre toujours "d'être meilleur" est sans aucun doute une manifestation de l'orgueil.

Réveillé par le choc de la traversée, me voici contraint de faire marcher cette main à stylo, l'ordinateur est décidément trop plat, son écran n'a aucune profondeur, il cache le sens ; le papier le réveille comme une photographie qui vient, dans la lumière rouge du laboratoire.

Or pour écrire, c'est bien simple, il faut arrêter d'agir.

1967

Ce ne sont qu'histoires d'hommes abandonnés par

des femmes, de femmes délaissées par des hommes.

Le cinéma ne peut se voir qu'au passé, comme le roman d'un écrivain défunt, sinon il est aussi mort que les disques des musiciens vivants, aussi insupportable que lorsqu'on écoute plusieurs fois la même version enregistrée, morte, d'un concerto qui craque au même endroit.

Le cinéma se raconte comme une histoire mille fois répétée le soir avant de s'endormir. Il est en cela si différent du théâtre qui recrée l'auteur à chaque fois. Et c'est sans doute pour cela que j'ai fui la pellicule. "J'ai toujours redouté ce qui arrivait : le tournage du film arrêté par la mort d'un acteur"[3]. Films mille fois morts avant l'actrice.

"Les films avancent comme des trains dans la nuit". Oui, ils emprisonnent comme un train de nuit. Leur mode d'administration sophistiqué, avec des machines à projeter, les rend lointains.

La vidéo les tue davantage encore, en les incluant de force dans un environnement coloré et parasité qui ne leur convient jamais. La vision est interrompue par le décor alentour et par les coupures provoquées par la vie, que la vidéo ne sait pas suspendre comme dans une salle de spectacle.

---

[3] François Truffaut.

Le théâtre, l'opéra requièrent la vie. On y vient voir Monsieur ou Mademoiselle chanter, pleurer, tuer, rire.

1968

Le mois de mai, la rue était accueillante, la société s'acceptait enfin dans son délire et ses jaillissements spontanés de désir d'être chacun soi-même.

C'était donc impossible.

1969

Je vivais alors dans la chaleur familiale d'une amie qui avait accepté de partager sa mère avec moi. Aristocrate juive grecque, grande dame, elle me bichonnait.

J'avais une chambre sous les toits de cette maison du vingtième arrondissement où elle faisait semblant de ne pas savoir que sa fille me rejoignait certains soirs jusques aux combles.

Le père et le frère m'aimaient moins. J'usais de leurs femmes.

C'était chaud et accueillant. Je ne sais plus pourquoi j'ai fui.

1970

Les chambres d'hôtel inspirent toujours les voyageurs seuls.

Vide de ces lieux inconnus, où vous êtes inconnu, où personne ne sait qui vous êtes ni d'où vous êtes : vous avez disparu, juste une petite case vous contient. Il ne serait pas question que la porte s'ouvrît.

1971

Délirer.

Qui ne s'est essayé à démontrer qu'il s'agissait soit d'une anomalie de la raison, soit d'une méchante substance chimique qui passait par là?

Le début de l'ère du binaire a institué l'interdiction de délirer, comme de se tromper, de se contredire, de changer d'avis. 0 ou 1, voilà le credo de la fin du siècle, dans trente ans.

Les machines à déduire tenteront, elles aussi, de prouver qu'on peut créer sans délirer, et que raison et raisonnement sont les effets de vastes combinaisons. Il se peut même que notre civilisation se replie sur des dogmes numérisés, ce serait *un accident majeur* pour la pensée humaine.

1972

Comme une tempête de sable. Explosion, terre soufflée dans la courte-paille. Ils sont bien nombreux, depuis Arthur Koestler et sa femme, à être partis au moment décidé.

Mais Montaigne : "La mort n'est rien. Le mourir est tout".

1973

11 septembre, Salvador Allende est assassiné.

Ivrogne franc-maçon démocrate ?... « C'est justice, non?! », au moins, avec ces militaires-là, pas de démocratie, s'exerce la fasci/nation, le lifting politique, obsession du propre bien nettoyé.

C'est dans le cul de Garcia-Lorca qu'ils ont tiré en hurlant: "A bas l'intelligence, vive la mort !".

Jusqu'à quand au Troisième Millénaire?

1974

Suivi socio-éducatif d'un paranoïaque, déjà psychiatrisé, un cas lourd, entretien prostré. Croit qu'il y a des caméras et des écoutes, donc silence. Avec lui, j'ai FAIT : j'ai regardé derrière la porte, tâtonné les murs, les affiches, je suis rentré dans son jeu, détendu, riant !

Puis l'information tomba : nécessité d'une permission de sortie, refusée vu son comportement car agressif, "imprévisible avec la surveillance", violences physiques avec des extincteurs sur les gardiens.

Comme je n'avais pas eu son dossier *avant*, nous avons pu parler toute l'heure.

1975

"Vous a-t-on jamais dit que vous étiez stérile ?" dit ce gynécologue.

Le médecin fut retrouvé assassiné sauvagement par une éprouvette. Les suivants furent un peu plus prudents dans leurs affirmations.

1976

Combien de fois peut-on se tromper au cours de sa vie?

"Autant de fois qu'on répète cette jouissance" répond le psychanalyste, "cela s'appelle névrose".

"Le moins possible" répond le rationaliste, "cela s'appelle Savoir".

"Aussi longtemps qu'on ne prend pas force dans la foi" dit le religieux, "cela s'appelle solitude de l'incroyant en perdition".

"Autant qu'on en a envie" répond le pervers", "cela s'appelle jouer tout au bord du précipice".

"Tant qu'on n'a pas d'expérience" répond la notoriété publique, "cela s'appelle jeunesse".

"Le moins possible" répond aussi le diplômé, "cela s'appelle mal gérer sa carrière".

Se tromper, se contredire… Et nous qui pensions que c'était si enrichissant de l'accepter, de la partager, cette *erreur.*

1977

Je pensais déjà depuis quelque temps: "N'est-ce point dans son propre parti qu'on trouve ses pires ennemis ?". Et je me remémorais pour y trouver quelque explication à mes difficultés d'être. Cela faisait des années que je laissais transparaître mon aversion pour l'Institution.

Rien n'aurait pu parvenir à me convaincre de pactiser avec Elle, du moins pas davantage que je n'avais déjà l'impression de le faire. Je n'aurais d'ailleurs pas su comment.

Les autres, eux, s'en tiraient plutôt bien. Ils étaient le plus souvent au chaud, dans des jobs un peu poussiéreux mais confortables, gratifiants. Ils ne semblaient pas avoir de problèmes de fin de mois ni de problèmes d'impôts. Alors pourquoi *l'insertion sociale* et ses bienfaits m'étaient-t-ils refusés ? Le destin m'avait déjà fait le coup des poètes maudits, mais je ne croyais plus, non plus, pouvoir appartenir nommément à telle caste télévisable.

La réalité est probablement ce que Proust en écrit, à propos de sa relation à la question d'être adulte ou pas. Chaque jour, il se répétait : "c'est demain matin que la vie va commencer". Son père stoppa net cette musique le jour où il lui fit remarquer avec brusquerie qu'elle était *déjà* commencée.

1978

La *route à prendre* porte un panneau "route étroite et dangereuse", ce 28 janvier d'hiver, vers le village de l'Escarène, et le silence du passé emplit les Alpes du Sud que je traverse seul, tandis que la radio de ma voiture rocaille tant bien que mal un Bach venu du fond de sa retraite ptoléméenne et protestante.

Lorsqu'on est tout seul dans un petit restaurant de village, le maternage curieux est de mise, accompagné de la demie de rouge local et de la tarte aux pommes maison.

Et aussi de cette sorte de lèvres à la fois fines et pulpeuses du patron qui aime ses vins et qui sait les goûter, mais suffisamment petites pour indiquer qu'il n'est généreux qu'avec la bouteille, car pour le reste, c'est la sécheresse.

Les ruines des édifices passés attirent ceux qui le plus souvent n'ont pas achevé de construire, comme pour se masquer à eux-mêmes qu'ils n'ont pas réussi. Comme si la réalité démolie pouvait prendre la place de ce qui n'a jamais existé.

1979

1979, Cuba est capitale du Tiers-Monde.

Fidel CASTRO offre des heures de discours.

"On parle souvent des Droits de l'Homme, on devrait parler plutôt des Droits de l'Humanité… Pourquoi certains vivent-ils 35 ans pour que d'autres puissent vivre 70 ?… Pourquoi des enfants meurent de faim pendant que d'autres vivent dans l'excès des richesses ? ".

Dix ans plus tard, ils l'appellent le Lider Maximo. Les médias ont décidé que les discours d'El Commandante sont devenus trop longs.

1980

Un autre jour, plus ancien… Âgé, sage? Souvent saccagé? Je veux dire éperdu de voir le temps filer sans qu'il ne se passe rien de plus que la veille.

Alors il parle, parle trop, il peut parler puisqu'il est le plus âgé. Il ralentit le flux de sa parole comme pour donner plus de poids à ce qui sort de sa bouche. Parfois même, et il le sait trop bien, il répète, comme s'il n'avait encore rien dit et il est prêt à subir l'affront d'entendre "qu'il l'a déjà dit", mais il prolonge un tout petit peu encore, il retarde le moment où il sera de nouveau seul, sans personne à qui parler.

Que cela demande aux hommes tant de temps d'échanger, au lieu de communiquer dans l'instant comme ces deux fourmis qui se croisent sur le chemin de leur subsistance, doit être au fondement de notre structure, vital, définitivement constitutif.

Il est donc simple de comprendre ce qui est bon ou non dans les nouvelles technologies de la communication.

1981

Avoir la force de vivre c'est aussi garder le désir de parler au futur.

Il était une fois cette femme qui avait tout bâti sur son mari. Rien que de bien ordinaire et plutôt banal. Endettée, la voici privée de son appartement, de ses commerçants, de son argent quotidien.

Elle vit à la campagne, trop loin de la ville, en dehors de toute communauté. Elle ne peut jamais rester seule. Le mari l'emmène avec lui partout, elle attend sur les parkings des entreprises de ses clients, elle dort dans les hôtels de ses déplacements, elle le double dans les casinos où disparaissent leurs derniers centimes.

Comme elle n'a plus de forces, elle passe le peu d'énergie qui lui reste à se plaindre de tout, c'est-à-dire de ce qu'elle n'a plus.

1982

Le jeu pervers se voudrait plus fort que la vie, comme le diable.

- "Tu ne sais plus compter jusqu'à neuf?

- ?...

- Pas un pas de plus sur le bord!

1983

Irréconciliables. Ainsi ils avancent dans la vie. Peu à peu se resserre la certitude de ne pas *aller ensemble* puisque rien ne se fait ensemble. C'est tout au début qu'ils se connaissaient le mieux, maintenant ils ne savent plus qui est l'autre. Trop brouillé, trop brouillés.

1984

Histoire de l'infirmière qui assiste au suicide de son époux, au pistolet. Chômeur de 43 ans, vendeur de voitures qui a perdu sa place. Il ne supportait pas qu'elle soit seule à rapporter des sous à la maison. Cinq ans après, son fils de 20 ans se tue dans un accident d'auto. Il reste elle, la mère, et sa fille de 24 ans, éperdue.

Elle a un ami et cherche à vendre sa maison, celle que son mari a construite de ses mains et où il s'est donné la mort. Dans le mur et le plafond de la cuisine : les impacts du drame. Elle les voit tous les jours.

Elle veut une maison au bord de la mer, pour respirer l'air du large. Les bateaux aussi ont parfois leur voile au grand largue, quand le vent vient par l'arrière. À bord, le vent, on ne le sent plus.

1985

Ce sublime moment où toutes les possibilités, celles

que vous attendez depuis si longtemps, semblent s'ouvrir à vous. Vous êtes dans le bonheur, ce mot idiot qui vous replace souvent tant d'années en arrière, que ces années aient réellement existé ou qu'elles aient été en permanence quelque part dans votre petite tête comme un espoir qui ne vient pas, comme un nuage blanc qui flotte quelque part et que vous savez ne pouvoir saisir.

Jusque là, si peu nombreux étaient ceux qui pouvaient comprendre que vous répétiez : "Je ne souhaite que d'être heureuse un jour". Votre médecin avait conclu que vous étiez dépressive.

Ainsi commence ce temps où les choix sont à vous, où vous savez que ce que vous faites est à vous, est de vous, est pour vous ; c'est seulement alors que vous pouvez vous tourner vers les autres, l'humanité vous devient vraiment accessible.

Tant que ce temps n'est pas arrivé, votre amour des autres n'est qu'un simulacre.

1986

Les enfants. Être au désespoir de n'en point avoir.

Ou être heureux de n'être pas parent.

Ou être désespéré d'être indisponible à les connaître.

Et mettre au monde la petite tête qui fraye son chemin hors du corps de la femme aimée. Adopter cette chair inconnue puis mettre patiemment ce bébé au monde de notre Amour, de loin en loin, pendant un quart de siècle.

1987

Il rentre du yoga.

De l'assouplissement… Posture sur la tête.

Soixante douze mille points de prâna… L'énergie vitale.

Tout ce qu'il ne fait pas! Et le moyen d'être quand même en paix. Il est vrai que pour supporter tout cela, y compris le club, il y a les petites fumettes.

1988

Il me dit :

« Le monde est trop plein d'histoires, toutes plus vaillantes les unes que les autres, non ? !

Histoire de ces gens qui campent sur l'esplanade du Château de Vincennes ?

Ne vaut-il pas mieux, abbé, partir en retraite dans le désert accompagné de quarante photographes ?

Histoire de quelques heures des africains sans papiers, couchés dans l'église ?

Quelle intégration ? Quels étrangers ? Quelle immigration ? Trop d'histoires ! Et ces medias, ces journalistes, qui exagèrent toujours tout ! ».

Ah ! Je me sens si bien, sans racines, sans attaches, sans désignation, sans personne sur qui rejeter mes manques.

1989

Désespoir, quelqu'un qui s'effondre, qui pleure. Pas français.

Interpellé, sa femme à prévenir, son métier perdu, agir vite. Incarcéré "pour la première fois".

Mutisme complet, entretien d'*entrant*[4], rien à en tirer, état-civil déroulé, démence sénile ? Né en 1914 ! Çà me gonflait qu'il soit là, en prison, pas normal qu'il soit incarcéré. Demande de transfert.

Ça va prendre trois ou quatre mois. Ça sera trop tard!

1990

Que reste-t-il? L'impossibilité d'agir.

La rage vient au cœur, qui peuple les couloirs de la prison, désolation d'un gâchis, spoliation, enfermement criminel, au bord du silence total, de la paralysie, presque totalement détruit de l'intérieur,

---

[4] Nouvellement entré à la prison.

enveloppes vidées, petites consolations sentimentales, remplissage du temps par l'inutile, ce trop-plein d'occupations, résistance passive du mur invisible, défaut de violence qui, de toutes manières qu'elle soit employée, casserait tout sans rien convaincre.

« La solution ?... », s'exclame le ministre, « construire davantage de prisons ! ».

1991

Elle disait les détails de sa noyade, comment elle était passée le long de la péniche, les jambes happées en dessous, dans l'eau noire de la nuit, jusqu'au barrage.

Nous décidâmes de l'écouter. Elle sortit de l'HP[5] avec nous. Nous l'avons revue toutes les semaines pendant des mois. A chaque fois, l'histoire reprenait, à partir de l'eau noire de la péniche, longue coulée du jour du suicide dans la Marne... et puis la suite, une vie de subsides, avec des enfants, pas d'homme, la banlieue des assistées.

Lorsque je demandai au médecin-chef ce qu'il pensait

---

[5] Hôpital Psychiatrique.

de notre travail…
(Lui, d'un ton vague et sans trop me regarder)
– C'est bien, c'est bien…
(Un temps, puis avec des mimiques d'impuissance)
– C'est de la poésie, tout ça !

1992

Un diner de cadres employés par une grande entreprise de l'État. Ils jouent à se chamailler et à se faire peur. Mais ils sont comme les prêtres romains qui sourient en se croisant : ils savent que rien ne les menace, et que rien ne vaut la peine véritablement d'être défendu.

"Lorsque des enveloppes passent, tu sais… même le plus honnête… même le plus honnête!…"

1993

Jeune *entrant*. Tout de suite tiré aux cartes, sodomisé à

la récréation.

Un ministre dit : « Avec le sida dans les prisons, il n'est pas utile de rétablir la peine de mort en France. »

1994

L'étrange étrangeté, celle qui mène de Belt Parkway à La Guardia, de nuit sous le MidTunnel. Vous allez ensuite uptown dans la 3e bien encombrée, à la rencontre de ces petits endroits qui vous appartiennent, où vous vivez plus doucement que n'importe où. Vous êtes étranger chez vous, les chants lointains du monde d'à côté vous parviennent de l'extérieur comme une nuit de Noël derrière une vitre embuée.

L'étrangeté. Qui sont ces gens jetés hors d'eux-mêmes pour n'avoir pas su enfiler une peau sociale correcte ? L'étrangeté. N'être pas né là où l'information était la meilleure, être né à côté, pas au milieu de la chorale. Être davantage en dehors que dans le courant, avoir voulu comprendre ce qui ne nécessite aucun commentaire, être toujours ailleurs – perversité, hystérie – que là où ce serait bon.

La petite montée achromatique nous acrobate la pensée asymptotique. Parallèles, tables de restaurant ou wagons du métro : la distance pour rencontrer l'autre est infinie. Les carambolages forcés ne donnent rien de bon.

Ce n'est pas la voiture de police ni les pompiers qui font du bruit mais la résonnance de l'air entre les tours, où les vibrations assourdissantes rebondissent sur les vitres plaquées de soleil blanc.

Que faire dans Central Park la nuit ? Avoir loué malgré soi un *tux*[6] et traîner au bout d'une ficelle des billets de 100 dollars jusqu'à ce qu'on vous assomme. Tout cela parce que vous avez appris le *british english* et qu'aux USA, on ne dit pas "smoking".

L'Océan Atlantique joue le rôle d'un miroir qui renvoie, suivant l'éclairage, l'image de la vieille Europe ou celle du Nouveau Monde. Il est la limite franchissable entre l'histoire des renoncements et le renoncement au passé.

1995

Il n'y avait de visible que sa surface. Cette limite lisse

---

[6] Costume smoking en anglo-américain.

vous donnait l'apaisement, car son être vivait par temps calme.

Lorsque vous partiez, une toute petite faille ouvrait la porte à l'intérieur. Juste un baiser pour vous signifier le désarroi.

Lorsque vous étiez ailleurs, sa voix vous disait son amour.

Il n'y avait de visible que sa surface dont tous pensaient qu'elle était fondée sur les plus belles fondations. Son être vivait sur terrain solide.

Lorsque vous questionniez, aucune réponse ne venait car inutile.

A la limite de chaque vie se maintient la limite, la peau des rencontres.

1996

« Intolérance, manichéisme, manque de modestie, manque de souplesse et manque de diplomatie sont les marques d'un défaut de charité élémentaire » murmurent les suppôts institutionnels.

« Tiédeur, demi-teintes, centrisme, tolérance, nouvelle laïcité et respect de la forme sont les supports de l'hypocrisie » crient les ennemis du brouillard tiède.

1997

S'acharner à détruire, cette sorte de jouissance perverse que l'Occident partage à grande échelle.

On verra un jour que les religions y ont toutes joué leur rôle de cause, du moins les monothéistes. Ce désir morbide de l'Unique, fiancé des bonnes sœurs comme Père des enfants de cette sinistre analysette transactionnelle, Fils des mères éplorées, Amant des putes agenouillées, Dieu des taureaux devenus bœufs de la crèche, ce désir de Mort, armoiries ensanglantées d'un arbre élu, tirade treblinkienne du sacrifice à la "race des vrais dieux", ce désir de ne plus jouir que contre la vie veut tuer le multiple foisonnement de nos êtres.

Regardez bien comme les prêtres politiques de cette jouissance s'expriment à mots feutrés et ronds.

Nous aurions tant aimé qu'on nous laissât tranquilles,

nous qui jouissons de la vie, foisonnante et incompréhensible, apparemment absurde.

Nous qui tolérons, qui supportons de n'y rien comprendre et qui pensons que l'ignorance de notre destin est à lire comme un des moteurs de ce désir de vivre. Et certainement pas de tuer ce désir par des réponses totalitaires.

Ainsi l'acharnement à détruire qui planque sous le voile de l'Amour d'un Dieu unique et qui, de temps en temps, sort avec ses couteaux et ses chambres à gaz, ou plus simplement avec ses tortures propres de tous les jours, n'est que le signe funeste de sa propre ignorance du désarroi et de la peur.

La barbarie est de croire qu'en tuant, on tue la mort puisqu'on en est scéniquement l'acteur. Pauvre hère de la méconnaissance de soi, cette peur de l'inconnu, alliée à la certitude que cet inconnu est indépassable, est la mère de Dieu.

1998

Les prolongements informatisés de l'esprit préfigurent une dématérialisation des déplacements physiques.

Cette technique générale qui passe actuellement par la numérisation binaire évoluera vers des systèmes d'engrangement des savoirs et surtout vers des méthodes de reproduction qui les accompagnent. Ils seront distingués de leurs supports cellulaires, c'est-à-dire de ce qui est visible comme corps biologique.

L'expansion de l'Homme dans l'univers se fera par génération de ces engrangements dans un autre espace-temps que son origine.

La transmission se fera par la dématérialisation numérique, elle-même imputrescible. Le programme fera naître automatiquement des êtres lorsque le support d'expédition *spatiale*, – *le véhicule* –, aura atteint l'éloignement *temporel* choisi. Ce laboratoire automatique de vie créera des corps neufs et réincarnera les pensées.

Nous ne savons pas aujourd'hui comment cela se pourra, mais plusieurs idées sont inadéquates et dérangeantes : l'idée de ne pas peupler l'univers, l'idée de ne pas aller ailleurs qu'ici et maintenant, l'idée d'être ce prisonnier *cellulaire* d'un corps terrestre. Rêvons encore un peu avant que cela devienne réel : cette dématérialisation ne nécessitera pas une rematérialisation sous forme de corps vivant comme celui que j'ai aujourd'hui. La machine et le vivant ne pourront faire qu'un, ce sera une matière enfin informée, vraiment mise en forme par la pensée, vieux rêve philosophique. La disparition de la génération naturelle au profit de la génération instrumentée est aussi une tendance bien amorcée.

Il ne vient à l'idée de personne qu'un tracteur est méchant ou qu'un avion est une créature du diable. Pourquoi n'en serait-il pas de même d'un nouveau support d'assemblage, un nouveau corps, pour la pensée ?

1999

« Le seul problème… » dit-il, « c'est la population éduquée. Lorsque les gens ne sont pas éduqués, ils ne savent pas ce dont ils peuvent avoir besoin, ils se contentent de ce qu'ils ont, ils ne posent pas de questions, ils n'ont pas besoin de changer leur condition. C'est vraiment le seul problème, les gens éduqués, c'est un énorme problème. Énorme problème que d'avoir formé des gens… ».

Il est presque sept heures du matin et j'écoute de toutes mes oreilles, au seuil du siècle, ce chauffeur de taxi, cet homme venu de là où religion et pouvoir politique sont uns.

2000

Oui, sur tous les sujets, Madame, je peux vous séduire sur tous les sujets. Je n'ai pas appris. Simplement, je réfléchis, moi, et je collectionne les opinions. Il faut en avoir une sur le maximum de choses. Et accumuler ce Savoir, pour soi.

Bientôt je serai en mesure de mettre toutes les fiches que mes ancêtres ont écrites ainsi que tous mes fichiers dans le microscopro[7] que je viens de me faire implanter. Je suis déjà un peu vieux pour ça, mais je ne crains rien ; mon indice de jeunesse d'esprit est limite mais je suis en dessous de la barre, je suis passé.

Quand on pense que le record a été battu par cette fille qui a réussi à se faire implanter plus de trente-six microscopros! Elle bat les bases de données les plus étendues puisqu'elle possède tous les protocoles de branchement aux réseaux téléports les plus récents.

Même pas mal à la tête ! Et son dernier bébé a reçu des cultures de neurones fécondés par ses microscopros. Cet enfant sera affecté à la surveillance pédagogique de soixante millions d'apprenants ! Son clone devra être dévolu à sa sécurité, ce qui est

---

[7] Ordinateur inventé l'année prochaine. Appelé de son nom complet : microscoprocesseur.

dommage car cela ferait soixante millions autres formés.

La sécurité publique est finalement le seul problème que nous n'ayons pas pu résoudre par la technologie. L'être humain n'est pas encore assez éduqué.

Nothing to fear !

New-York, Merry-la-Vallée, navire Saint-Nicolas,
©Gérard Delacour, 1996-2018.

L'AUTEUR

Diplômé d'Enseignement Supérieur de Philosophie, docteur en Sciences de l'Éducation, anthropologue et psychanalyste, il se passionne pour les objets techniques et la transmission du Savoir.
Auteur de travaux universitaires et d'essais, Gérard Delacour publie sous le nom "Gérard Hofmann" ses œuvres littéraires, romans, nouvelles, poésies et ses photographies.

* 9 7 8 2 9 5 0 0 2 6 0 7 1 *